田中五呂八の川柳と詩論

Tanaka Gorohachi Senryu and Shiron

斎藤大雄編

Saito Daiyu

新葉館ブックス

田中五呂八の
川柳と詩論
Tanaka Gorohachi Senryu and Shiron

齋藤大雄 著
Saito Daiyu

新葉館ブックス

大正11年1月1日、賀状がわりに、近藤飴ン坊とともに発行した『ＴＯＲＩＩＲＥ』。飴ン坊によるヤキイン（後記）によれば「大正10年中における川柳と写真との貧弱なる収穫」を掲載したもの。飴ン坊と五呂八はともにカメラを趣味としていたようで、巻頭には「ヴェストと川柳」として、五呂八がヴェストなる小型写真機と川柳について一文を記している。

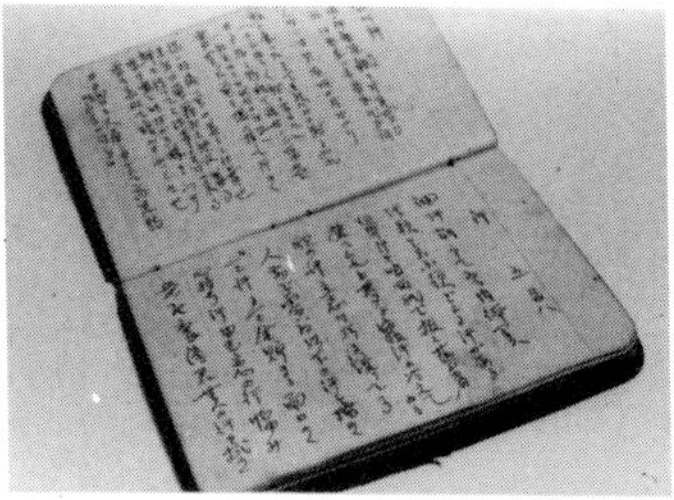

大正7年頃の五呂八作句手帳「猶子柳多留」。「汗」という題で9句が記されている。

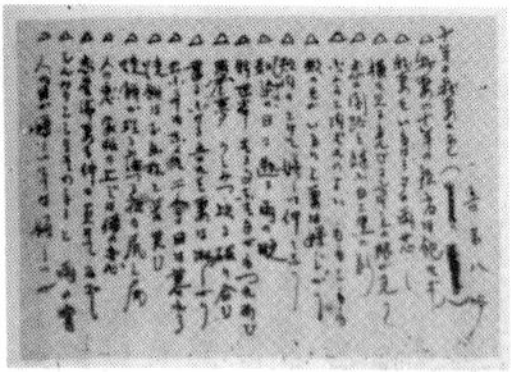

大正8年4月30日の日付が入ったページより4ページ前の「十年の我妻の色」。大正8年10月に結婚した妻尚子のことを詠っている。ペンで消してある作品タイトル下の括弧書きには「いとしき なほこ」と書かれている。

～明治

28年 9月20日、北海道鳥取村（現・釧路市）にて田中益蔵・ナミ夫妻の次男として生まれる。本名・田中次俊。

生まれてまもなく、叔父豊蔵、スエ夫妻の養子となる。

42年 小学校2、3年の時に旭川へ転居。

庁立上川中学校（現・旭川中学校）へ入学。

最終学年の5年生のとき、肋膜炎をわずらい、半年ほど入院。

卒業後、肋膜炎の療養のため、釧路の兄輝俊のもとへ2年間の療養生活を送る。以来、養父母のもとには戻らず。

2年の間に、「酒と女の味を知って手の付けられなかった」五呂八を父益蔵が無理やり国鉄へ就職させる。

～大正

6年 春、東北帝国大学札幌農科大学（現・北海道大学）へ入学。

7年 10月、家事の都合から同校中退。

8年 この頃、旭川市に在住。作句を始める。雅号の「五呂八」は大食漢であったため、「五呂八茶碗」からとる。井上剣花坊主宰の『大正川柳』へ投句を始める。

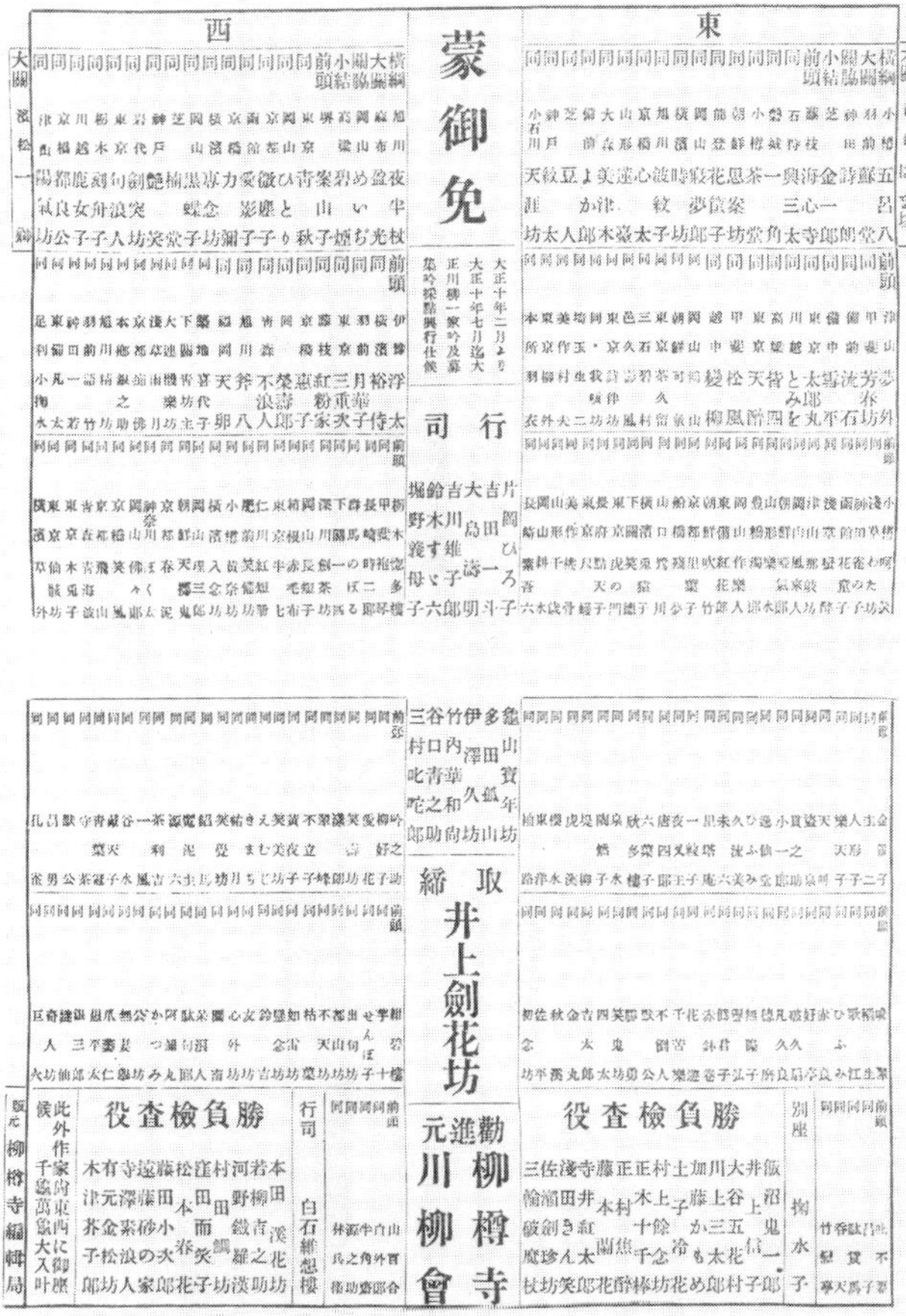

春秋2回『大正川柳』が発表していた川柳番付。毎月の集句はおよそ3000。投句開始から5ヶ月後には早くも「前頭二十七枚目」として川柳番付に顔を出した五呂八。これは大正10年2月～7月の川柳番付で投句開始から1年9ヶ月目にして東の横綱を張ったときのもの。行司には吉川雉子郎の名もみえる。（大正10年8月発表）。

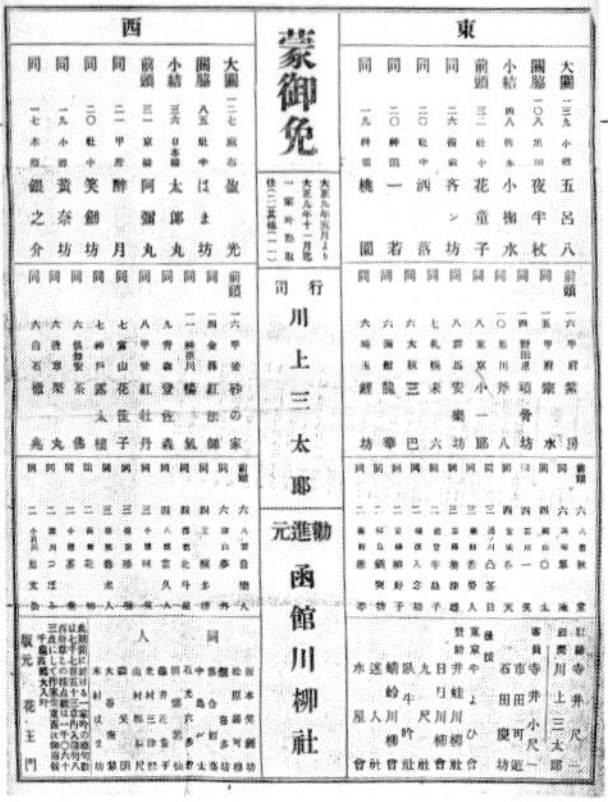

蒙御免

東

大関 五呂八
関脇 夜半杖
小結 小槲水
前頭 花童子
同 各ン坊
同 洒落
同 一若
同 桃園

西

大関 澂光
関脇 はま坊
小結 太郎丸
前頭 阿彌丸
同 酔月
同 笑餅坊
同 貴奈坊
同 銀之介

行司 川上三太郎

勧進元 函館川柳社

五呂八は川柳をはじめて早々に頭角をあらわし、大正10年8月、『大正川柳』川柳番付で東の横綱をとる。これはその前年、大正9年5月より11月までの『忍路』一家吟第2回点取番付。行司は川上三太郎。五呂八は東の大関に陣取っている（横綱不在）。尾山夜半杖、三浦太郎丸の名もみえる（函館川柳社発行・大正10年2月28日）。

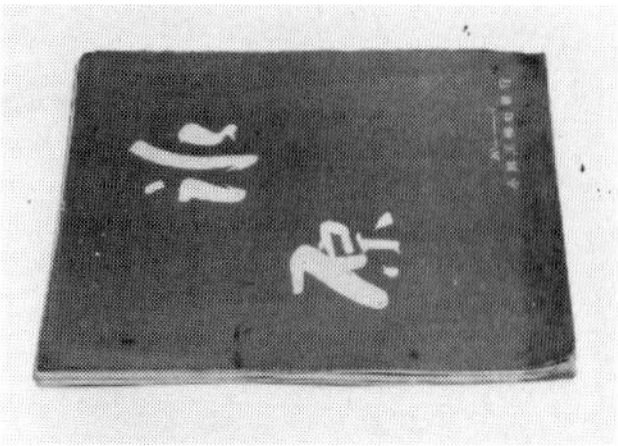

大正12年2月に創刊された『氷原』の第3号。既成概念の川柳を排し、川柳が芸術であることを立証しようとする五呂八の戦いが始まった。

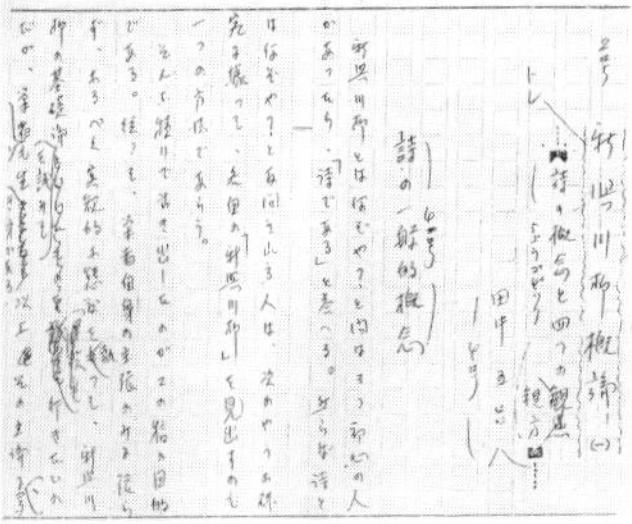

『氷原』28号（昭和3年4月発行）掲載の「新興川柳概論（一）」自筆原稿。原稿作成時には「詩の概念と四つの視方」であったものが、発表誌では「詩の概念と三つの観点」となっている。

～大正

10月、北大在学中に知り合った尚子夫人と結婚。

11月、『大正川柳』88号に田中五呂八の投句が初めて掲載される。所属結社名は同じ旭川の柳人・尾山夜半杖との二人結社「二人連」。

8年

～9年頃、北海道公債公社へ入社。

5月、小樽新聞文芸部川柳選者となる。

8月、北海道公債公社小樽支社長として小樽へ。

10年

8月、『大正川柳』の川柳番付で東の横綱をはり、頭角をあらわす。

11年

1月、賀状がわりの小冊子『TORIRE』を近藤飴ン坊とともに発行。既成川柳の低俗に疑問をもち、一時川柳から遠のく。この間、口語歌人の並木凡平と交流をもつ。

6月、森田一二(かつじ)、名古屋で個人誌『新生』創刊。

12年

1月、小樽川柳社(のち氷原社)を結成。

2月、小樽川柳社を小樽氷原社と改称。柳誌『氷原』を創刊。評論「平凡なわれらの黎明」を発表。

13年

7月、第11号にて「題詠の価値について」発表。

昭和3年9月23日、小樽公園通りの丸高屋において『新興川柳論』出版記念をかねて開催された新興川柳大会。参加者34名。2列目右から5番目が五呂八。左隣は五呂八の右腕・古田八白子、右隣は尾山夜半杖。秋雨の中、夜7時すぎから開催された大会には34名が参加。

大正14年12月20日に発行された『新興川柳詩集』。四六判・250頁・定価1円30銭（当時の誌代は一部20銭）。1200句収録され、序文には森田一二、井上剣花坊、川上日車、白石維想楼（朝太郎）ら錚々たるメンバーが顔をそろえる。

経済的理由と多忙により半年ほど休刊したのちの『氷原』復活号。昭和3年2月発行。川柳界の内部的な闘争より新興川柳の社会化と詩壇への進出に目的をスイッチさせた五呂八。編集後記によれば、「休んだ代りに新聞柳壇による新人が非常にふえた」とその氷原拡大時代の幕開けを感じさせる。

以後、『氷原』から題詠を廃止。

『川柳きやり』10月号誌上に塚越迷亭による革新批評が掲載される。その後、村田周魚などもこれにつづく。

14年

4月、『氷原』14号にて「新川柳への序論」を発表。初めて「新興川柳」の名称をつかう。

7月、川端康成、『氷原』を愛読し、今後とも恵送を望むと葉書を寄せる。

『氷原』7月号誌上にて「氷原句集の事」を発表。

『氷原』9月号にて「東京柳壇批判」を掲載。

『氷原』10月号にて「句集変更の主意」を発表。一二の意見を取り入れ、『氷原句集』を氷原だけでなく全国の新興派各誌から作品を収録する『新興川柳詩集』へと形態を変更。

12月、初の新興川柳アンソロジー『新興川柳詩集』を刊行。

15年

5月、森田一二「吾同志へ挑戦」が『氷原』第20号に掲載される。一二・五呂八のプロレタリア川柳論争の勃発。

7月、小樽新聞社へ入社。

8月、五呂八「森田一二氏の評論を駁す—社会主義的芸術観の批判」を『氷原』第21号に掲載。

10時すぎに散会となった新興川柳大会のあと、五呂八の側近有志によって開かれた出版記念宴。米山可津味による漫談も飛び出し、宴がひけたのは11時半。前列右から八白子、菊太郎、可津味、五呂八、欣童、柳彌。

昭和3年9月に発行された『新興川柳論』。四六判上製・330頁・定価1円20銭。大正12年2月以降の主要論文をまとめたもの。同書について鶴彬は「川柳の発展を阻止していた既成柳壇への生きた闘争記録であると同時に新興川柳発展の歴史的文献」であるとし、五呂八の批評的業績について「指導理論のかけらもなしに大家づらして愚まいな大衆をあやつっておさまりかえっているガラクタどもを百ダースあつめても及ばない価値をもっている」と最大級の賛辞を贈っている。

〜昭和

2年　この頃、小樽新聞社編集局へ異動。多忙をきわめる。

3月、『氷原』休刊により、五呂八・一二論争に終止符が打たれる。

4月14日、小樽・米山可津味宅で小林多喜二と激論をする。

3年　3月、『氷原』復活号。生命主義の実践活動へと目的をスイッチする。新興川柳の社会化と詩壇への進出を目指す。

6月、函館氷原社を皮切りに道内に十数社の支社を設立。氷原投句者は休刊前の五倍以上にふくれあがる。

9月、『新興川柳論』を小樽・川柳氷原社より刊行。

9月23日、『新興川柳論』刊行を記念して、小樽市にて新興川柳大会が開催される。

5年　2月、入院。

6年　3月、62号をもって『氷原』休刊。

11年　9月、『氷原』再刊号発行。

1月、『氷原』67号にて絶筆となった「新生命主義への出発」発表。

12年　2月10日、腎臓結核のため死去。享年43。

昭和6年2月、五呂八が病魔に倒れ3月号で休刊したのちに刊行された『氷原』再刊号。昭和11年9月発行。編集後記で「自分はまだ肉体的にも精神的にも安定していない」と書いた五呂八はこの号から編集人を古田八白子へ譲っている。

昭和4年10月17日に開かれた氷原支部第1号・函館氷原社新興川柳大会に参加した五呂八。

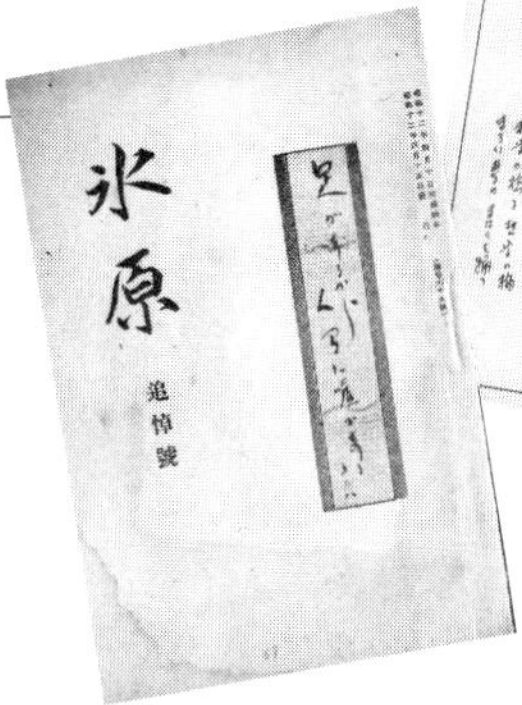

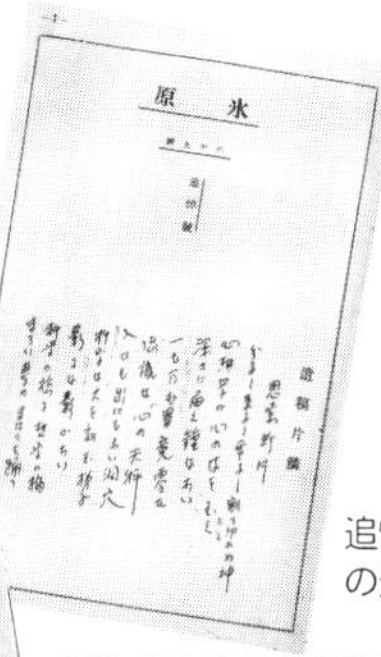

追悼号の扉に掲載された五呂八の遺稿「思索断片」。

昭和12年2月10日午前11時30分に永眠した五呂八の追悼号。昭和12年4月発行。表紙には五呂八の「足があるから人間に嘘がある」の短冊、本文には遺作「心の波止場」が掲載され、木村半文銭、川上日車らがその哀悼の意を記している。

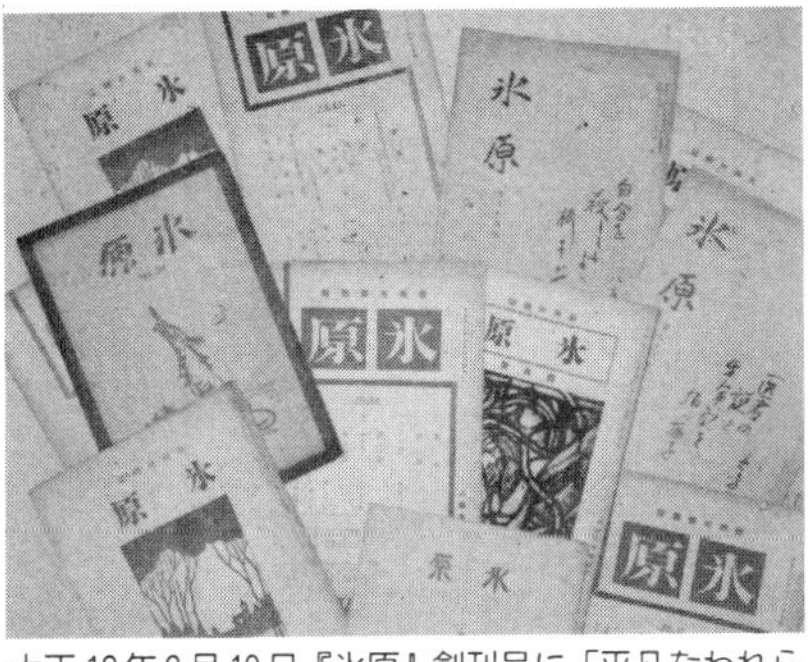

大正12年2月10日『氷原』創刊号に「平凡なわれらの黎明」を発表し、「川柳は詩なり」の宣言のもとに生命主義を主張して16年間、川柳界と、自らと戦い抜いた五呂八の軌跡がここにある。

13年　1月、五呂八一周忌にあたり、小樽・川柳氷原社より『田中五呂八遺句集』刊行。編集は五呂八の片腕であり続けた古田八白子。
8月、軍国主義の圧力により83号で『氷原』廃刊。新興川柳の終焉。

昭和13年1月、五呂八一周忌にあたり刊行された『田中五呂八遺句集』に掲載された写真と短冊。編集は古田八白子。

『田中五呂八遺句集』刊行にあたり、身内だけで開催された出版記念の会。右端は五呂八の妻・田中尚子。左から2番目が句集編集人の古田八白子。彼は翌年10月、五呂八を追うように急逝した。

既成柳壇の批判から始まった五呂八の新興川柳運動。しかし絶筆「新生命主義への出発（『氷原』67号）」においては行き詰まる「氷原派」に対し、「既成的な新興川柳の清算」を論破している。

平成5年5月23日、五呂八の句碑「人間を摑めば風が手に残り」が石井有人、斎藤大雄らが中心となり、建立された。この作品は『氷原』の第38号（昭和4年3月発行）で発表されたもの。あまり多くの短冊を残さなかった五呂八であったため、自筆短冊さがしは困窮を極めたが、句碑への入筆直前になって生前五呂八と交流のあった千葉県の川柳作家・渡辺尺蠖遺族宅で、奇跡的に自筆短冊がみつかったという。

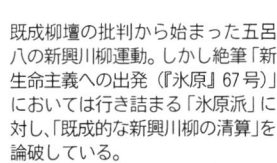

はじめに

川柳の流れを大きく変えようとした川柳人に田中五呂八がいる。中央柳壇からはほど遠い北海道・小樽市からの烽火であった。彼のこの行動は、伝統川柳のマンネリ化を衝き、川柳は詩として文壇に登場すべきだという川柳芸術論に立脚するものであり、そして打ち出した芸術論はベルグソン哲学を基盤とした生命主義であった。

この五呂八の主張する生命主義への過程について川柳作品と論文と平行させ、交錯させながら五呂八の川柳的生涯をまとめてみた。理論と川柳作品を併せ読むことで、五呂八自身大いに苦しみ、悩み、そして戦ってきた事が、読むものの胸を熱くするはずだ。それだけ、命を賭けての新興川柳論であった。しかし、昭和十二年に唱えようとした新生命主義が五呂八の生命とともに消えてしまった。これは現代川柳人が引き継ぐべき課題であり、二十一世紀への川柳の生きる姿ではないかと私は考える。川柳作句に苦しみ、論理に模索し、短詩型への未き来に行き詰ったとき、本書が何らかの手助けになれば、この上ない喜びとするものである。

平成十五年九月

斎藤大雄

田中五呂八の川柳と詩論　目次

資料提供：斎藤大雄／尾藤三柳／石井有人／小樽文学館
参考資料：「北海道川柳史」（斎藤大雄）／「新興川柳運動の光芒」（坂本幸四郎）／新興川柳誌「氷原」／田中五呂八遺句集（川柳氷原社）／「馬」（河野春三）

田中五呂八の川柳と詩論

既成派川柳との戦い

大正十二年二月～大正十五年（『氷原』創刊号～二十三号）

氷原創刊号

残念でならないといふ御追従

前金をやるよと服を値切つてる

指先きをチト持て餘すやまと糊

級長も出來ぬ試験に気が強し

ムツとして見たが矢つ張り給仕なり

川柳は立派な芸術であると自認している人がある。その人は幸福である。しかし古今を通じた川柳の中に左程の芸術的価値を拾い得ざる人には、飽き足らざる不満がある。

（大正十二年二月）

弱き人間

同情を強ひる乞食に腹が立ち

つまらない見得で利息をとりはぐり

尻押は掛け聲ほどに押してゐず

愛してる證據をそれとなく見せる

大の字になるは叶はぬ時の知慧

洗濯に遠く玄関怒鳴つてる

川柳を高級なる純正芸術にまで引き上げようと試みる人があある。しかし川柳の伝統的本質や十七字の詩型がこれを束縛したがる。川柳は川柳であればいいと、不用意にもたしなめる人がある。それは文学圏外の人か文学を遊戯視してる人である。

（大正十二年二月）

片づかぬ飯がうるさく呼びに來る
目を閉ぢて歩けば闇につきあたり
食ふ段になると親犬牙をむき
親方の顔で月賦にして貰ひ
人の住むとこぢやないよと突き出され
子供にもなれず釋迦にもなれないよ
貸されない譯を眞実らしく言ひ

俳句の下敷にされてる川柳！　それは川柳自体の罪にあらずして、全川柳人の連帯責任であらねばならぬ事は悲しい現実がこれを表明している。
文芸界の継子然たる川柳！

（大正十二年二月）

あひづちを打たねばならぬ友が來る

面ら當てにさへも命は捨てられる

ほんとうの力で親に毆られる

見せしめの為めの一人へ泣いてやり

積む努力捨てる努力に笑はれる

救はれてからの悩みが一つ増し

呉れてやる金だ何にも求めまい

詩としての川柳、芸術としての川柳に行詰っていると大胆にも放言し得る人は、現柳界に於ける大賢にあらずんば大愚である。

（大正十二年二月）

利己主義と云ふ女房へとがる口
燃え盡す迄の柱にさゝへられ
魂を見失なつたるとき怒り
金があるから人間にして呉れず
食へば足る丈けの心になり切れず
墓道で生きてゐるのが洒落を言ひ
世辭言はぬ事さへ損の一つなり

川柳の黎明は川柳人各自の黎明であるという事を強く意識したい。しかして川柳を作る前に、まず私の頭を黎明の清気に洗礼させねばならぬ。そこに詩の世界への序幕があり、芸術の世界への展開があると信ずる。

（大正十二年二月）

美しい言葉の裏に燃ゆるもの
ひとり居るとき魂の聲を聞き
不自由な根から命を吸ひ上げる
ほんとうの心遺言状になり
死ぬと言ふ約束はなく生れたり
済みません丈けの言葉で済まぬ事
鐵筋の中は儲ける音ばかり

伝統は過去の延長である。与えられたる命題の盲襲である。そこに真の個性を見る事が出来ない。真の個性の失われた生活に創造は有り得ない。創造の無き生活は、人間としてのささやかな理性があるというだけであって動物的本能生活と五十歩百歩を出でざる夢死的生活と言える。

（大正十二年五月）

足があるから人間に嘘がある
毒草と知らず毒草咲きほこり
讀み終へたあとの貧しき心なり
ものさしで計りたがるも人の智慧
欠伸したその瞬間が宇宙です
一とたれの油が水をつつぱしり
人間の上で笑つてゐるだろう

創造的生活は危険である。それは未来への進展であるからである。そこには具体的な目標も通路も見られないが、無限への進化的可能があり、創造の喜びがある。その道程に立った必然的感情から、真実の詩が生れて来ねばならない。

（大正十二年五月）

頬杖のいつか雀になつてゐる
退屈な人の頭もありぬべし
俺の知らない事はみんな嘘
同じ血が通ふ空気の中に住み
太陽のあるを忘れる日の多し
捨石になりゆく昨日ばかりなり
生きてゐる證據の息をつくばかり

芸術そのものは生きねばならぬ
魂の日記であり表出せなば済まぬ
感激の記録でなくてはならぬ。
（大正十二年七月）

虫が鳴く土が鳴く土が虫が鳴く
かりそめの暦に命區切られつ
嵐過ぎし朝の木肌に虫を見る
握つてるものゝ命が遊んでる
生きてゐるから生きてゆく退屈な
眞夜中の嵐の底の家に寝る
感情も腐る土台も腐る梅雨

芸術的原理から題詠そのものの態度が遊戯的であり、非芸術的あるかが知れよう。

（大正十二年七月）

白魚の命さへぎるものものなし
ふるさとのその砂原に寝轉んで
闇に鳴る葉摺れに光る一つ星
運命をくばるはりがね山を越へ
日曜の續く明るい國ありや
暮れ残る河一と筋の白さなり
目に見える丈けの世界に死んでゐた

敵があると言う事は、敵の中に自己が存在するという事だ。この意味において敵はむしろ愛すべき自己の延長である。

（大正十三年七月）

墓場まで勝手な道をつける丈け
太陽の壽命を知らぬ論ばかり
ほんとうの自分だとみな思つてる
地に潜む力の上に家を建て
干されたるその網の目にふくむ風
森深く深く思索を歩ませる
澄み切つた獨楽の二つが觸れんとす

既成柳壇は遂に敵らしい敵をも作り得なかったほどの無気力な無創造なる、薄っぺらな平和論者であったのだ。
屈辱的平和より、真正な敵を作れ。

（大正十三年七月）

口

五と七と違ふ世間に詩と劍と
一冊の辞林の中に住み切れず
冷えつゝある自然の中の理想主義
基督も釋迦も硝子の家に住み
血の壷にひたる一つの魂が
悪もよし悪のまゝなる美しさ

時代の相違から抹殺し去る吾々の古川柳観は、その表現法の参考論を出ていないまでだ。時代の新しい感情を盛ろうとするのに、どんな古川柳への執着があるか。川柳の二元観は、人間自体の曖昧なる二元観だ。

（大正十三年七月）

淵のない淵を踊つてゐるのです

減せざるもの〻一つの個を愛づる

月を背の影をどこまで踏んで行く

弾ねかへすものに熱だけ置いてくる

陽のとゞくかぎりを唄ふいのちです

芽に籠る力無限の空を向く

ポツチリと吹雪の中に動くもの

いい川柳に関東も関西もあるべき筈がない、たかが日本の中ではないか、川柳家だからとて、川柳に向う態度を少くとも東洋芸術と西洋芸術の対立くらいまでに、芸術的理解を高めたいものだ。

（大正十三年七月）

足跡は浪に消されて浪の音

陽そのぼる雪のなかにも雪の影

寝ころべば土突つ立てば足の裏

金持ちの意識にそむく金を持ち

今日がある結論がある明日がある

退屈な人生飯を喰つて飯

疑ひもなく幸福を金で買ひ

□既成俳句は余りにも自然耽美臭が強く、

□新傾向俳句は、自然詩と生活詩の煮え切らない混血児であり、

□既成川柳は、生活の紙屑である。

□来るべき新川柳は………等と気焔を挙げたなら、そこら中に差障りがあるだろう。

（大正十三年七月）

ゼンマイをぎつしり巻いて旅に立つ
寝沈んだ夜陰金魚が動いてる
青空の心のうらに星が住み
戸締りを忘れた朝になりました
アミーバから太陽は知り盡し
目あてがあつて人皆急ぐ
人間の巣の一角に巣を造り

自由詩万能の一般詩壇に逆行して、定形律の詩的効果にまで私達の川柳を基礎づけんとするのも、短詩本来の緊張味と言葉の象徴的経済を要求する必然からである。

（大正十三年十月）

見も知らぬいのち日毎に減てゐる
地上權お前の齢はいくつだい
底のない谷に命の根をおろし
死に置いた土を破つてものの芽が
地球まで來て太陽の作る影
雲の影雲の高さに水の底
寝そべつた踵につづく浪の音

古い詩学を内容的に活かす新川柳の現代的意義があると信ずる。ただし破調論は別にある。要は定形律の詩的優越性にまで、川柳の内容を活かしたいと考える。

（大正十三年十月）

葉裏ただ暗さ孕んで待つ嵐
地獄谷小鳥は羽を信じ切り
音が見へ出して心の窓を閉ぢ
大空の鳥の高さも地に盡きる
壁の影壁をのこして朝になり
割りつくす心に神が住むそうな
一寸の差に死がひそむ検温器

批評をもって批評を洗い、作品をもって作品を洗う各地柳壇の緊張ぶりは、川柳有史以来の必然的なルネッサンスであろう。川柳革新と言うもつまりは、一般文芸の下積として軽笑されて来た、無気力川柳に対する社会的爆発に過ぎないのだ。

（大正十四年四月）

ふるさとの小川に嘘を洗ふべく

太陽を信じてけふもする枕

本箱に仲よう主義が並んでる

裏切つたまなこをそらす眞帆片帆

釣瓶漏る音をのこして迫る闇

人間が神を食つてることになる

群集の顔の一つになつてゐた

爾来俳人から川柳を目して非詩となす軽蔑論をどれだけ聞いた事か、由来社会から、川柳をもってオドケ者の集散する駄洒落文学の一変態としての以外、どれほどの文学的価値を認識されたか、文人のある者は言う、「たかが川柳じゃないか」……と。

（大正十四年四月）

眼の奥にひそむ墓場を掘るまいぞ
はち切つた蕾におどり込む太陽
天井の開き切つたる瞳に吸はれ
かくてつひにいのちのいのち見失ひ
こんこんの眠りに梁の梁の眼が
歯車の澄み切るまろさ風もなく
頬笑みにともるかすかな胸の灯ぞ

伝統派の作品も、現状の如き常識一点張のものだったら、いつまでたっても社会の慰みものだ。今の民衆は既に文芸に対しても一家の見識を持っている人がいかに多いかを知らずにいるのも川柳家だ。

（大正十四年四月）

土を貫く心　直下の星を貫く

針を吹く枕に闇を吸ひつくし

影のあるものの生命を手のひらに

息はけば息はきかへす壁静か

米櫃を逃げる空気に蓋をする

ゆつたりとしてゆつたりと底がなし

脈のうつことに始めもあともなく

川路柳虹氏が、新律格としての十七字調を力説されていた。氏は過去における自由詩提唱の先駆者であったそうだが、今日一般詩壇に対して、ある意味の十七字定形律を主唱され出したのは心強い気がする。

（大正十四年七月）

壁黙す壁のかなたにつもる雪

足の裏　ほんに地球はまるいもの

割り切れぬ夢をのこして來た枕

研ぎぬいて見ても刃の減るばかり

楽しげな笑ひの底のひからびて

ま二つになつたいのちが動いてる

ペンの吐く線のおはりもありぬべし

新興川柳私観を一言すれば――

主として川柳の持つ知性をあらゆる方面に詩的に深化して行きたい。

（大正十四年十月）

佛檀をぴつたり閉めて縄をかけ
なごやかな線を描いて金をとり
數のない數を食つてる一つの瞳

如是相

地の底の佛陀の針が天をさし
天心にしめくくられて皆動き
けだものの食へる哲理も出來上り

論理の猛評と、感情の猛発は雲泥の相違。

（大正十四年十月）

生きてゐる音をのこして息をひき
窓の灯にチラリと姿見せて雪
一と粒の米怖ろしい數を食ひ
釣竿の先きでかすかな息を聞く
一笑に附して大地は大地です
ほの白い窓ほの白い顔と月
青空の深さをあばら骨に疊む

穿ちも皮肉も諷刺も、ユーモアすらもが、冷く、鋭く、虚無的な、懐疑的な、批判的な意識的頭脳の表現である。

（大正十四年十月）

鼻を切る闇の深さを身にあつめ
荒磯のはてに言葉を見失ひ
寝た人の影そのまゝに乗せて汽車
踊つてる足に先祖の血がにじみ
ほの暗い奥の炬燵に枯れかゝり
飛び出した心鐵砲玉と落ち
喧嘩だ！　喧嘩だ！　地球は廻る

川柳の持つ智性に詩の衣を与えよ——と主張するのが川柳革命家であり、自然主義の持つ科学的精神に生命の深さを与えろと叫ぶのがネオ、ロマンチストである。

（大正十四年十月）

邪気のない顔へチラ〳〵戀を見せ
息をぬく嵐の底に色もなく
神經を陽にさらされた木の嘆き
蒼穹の割れ目に月も日もうばひ
野のはての水の清さに靴をぬぎ
ひたすらに下駄ひたすらに減つてゐる
ぴつたりと心の窓をしめて金

新興柳壇と既成柳壇の対立がいよいよハッキリして来た。その中間を浮動する灰色雑誌も二頭作家もますます鮮明に浮き出して来た。戦いはこれからである。太陽の下に二理はない。どっちにしても、亡びるものはやがて亡びねばならぬ――あるいは、どっちも亡びぬかも知れぬが――。

（大正十五年二月）

頬杖の姿にかへる冬の星

窓ぎわへ無神論者が今日も來る

雨風をしのぐ心の家でない

三里五里十里地に添ひ土に寝る

ぎつしりと闇を區切つた壁一重

腹這ひになれば砂又砂の山

墓場から見へる浮世のけむり出し

思想（哲学）を持った感情は一元的な感情である。つまり、虚無思想からにじみ出る感情は暗く、楽天思想からほとばしる感情は明るく、悲観思想から出る感情ははかない如く、一元的な思想の陰影を持つ感情こそが一元的に生きんとする人間の持つべき一義的な詩の本質である。

（大正十五年四月）

灯の底の夢をひっそり包む雪
神が書き閉づる最後の一頁
月に寝る橋の長さを振りかへり
鶴嘴の眞下の石が腹を立て
夜の戸もおろし心の鍵もかけ
貧乏な眼だとは誰も思ふまい
洞に冴えかへる雫が陽を慕ひ

僕は常に力一っ杯に書いて来た。それ以上も、それ以下にも書けない所に、また間違っているなら間違っているなりに、平凡なら平凡なりに、自分自身の生命が文章の中に流れていると信じている。

（大正十五年十一月）

小障子に灯を吸ひ込んだ明けの色

永遠の二時に時計が死んでゐた

夢を置く枕の下に草が萌へ

物に置く影の底には影のなく

脈のうつことを知つてる腕時計

意気地なく吹き溜つてるカンナ屑

標札に聞けばやつぱり生きてゐる

認識論断片

□心理学が心の皮をむく

□科学は天を刻む梯子

□科学の槍に哲学の尻

□水を切らうとする馬鹿者

□一だつて萬だつて零だ

□美人の顔は超唯物史観

□学問は生命の粕

□まるい夢を踏みつぶす狂人

□深さに届く錘りがあるか

□入口も出口もないホラ穴

□影には影がない

（昭和三年五月）

爪先に今日を重ねた道が出來

血管も氷り眞理もとざされる

咲き切つた花に境ひはなかりけり

風をしめ出した金庫の音もなく

急《せ》けばとて朝はだまつて朝になる

垣根からのぞく苦勞のない世界

退屈な窓に素足の春が居た

新興川柳の妥当性を認めて二元的に苦しんでいるものや、理性を感情で殺してまで既成集団の雰囲気から離れ切れずにいるものもある。

われわれの川柳運動が、自己の革新にのみ終らずして、低級視された柳壇を向上せしめ、浮浪している川柳観念を一掃するにある。

（昭和四年一月）

「いろは」だけ知って佛でゐるがいい

野に満つる夢にそむいた石一つ

神といふ言葉が口を衝いて出る

闇を切る星の深さを闇が吸ひ

言ひ負けて財布の底も見せてやり

臨終へまだ明日のある文が來る

眞つ暗らな窓をのぞいてギヨツとした

詩材は身辺にもある

天井へ壁へ心へ鳴る一時　日車

一時が鳴った。その一時が天井に飛びつき、壁に飛びつき、心に食い入ったのである。かくも一時は生きている。ピチピチと生きて部屋一杯に拡がった音波は、心まで食い込んで、遂にもとの静寂に還ったのである。

動中に静を見た快心の一作であろう。

（昭和四年三月）

釣竿を肩にしてゐた眞つ晝間
土になるだけの理屈の中に住み
陽の落つる眞下の朝の井戸車
鞘の奥深く言葉が死んでゐる
縁のない窓にまなこの底がぬけ
鋭さの上の鋭さ何にもなし
洞窟の闇の欠伸と人類史

批評は、畢竟自分の創作である。創作的気分に浸らねば、批評など面倒臭くて出来るものではない。だから自分の思想や感情のみに閉じこもってしまったら、批評の職能は喧嘩の職能になってしまうだろう。

神経にぴたりと触れた舌の先　しづ子

恋歌は徹底抒情主義であり、むしろ感情に溺れるのが本望であろうが、新興川柳に現れた恋愛詩は、同じ抒情詩に棹しても、よほど理智的であり、感覚的であり、時には批判的でさえある。

（昭和四年五月）

そも人の智慧は鏡の裏に盡き
門燈の下の嵐に口をきき
日光を怖れる蓋と瓶の色
骸骨を圍む木立に口がない
陽の影の正しさと知る目の狂ひ
河底をぬける心に脚がある
生きてゐる柱疊めば紙の上

古川柳の一面には人生批評があった。それが機智となり諷刺となりユーモアとなっても、その本質は「穿ち」の形式に要約されるだろう。穿つことは真に迫ることである。科学者のメスの如くに人間性を、人生を、現象を解剖する事である。

（昭和四年六月）

錨から幾尋上の戀もある
秋風の腹ピツタリと水に觸れ
科学者の顔に詩が吹く秋が吹く
風鈴に秋の心を突いてみる
聖堂の灯はじり〱と暮れ迷ひ
圓みさへ知れぬ心の壷を抱く
神代から續くいのちの果てにゐる

無意識的に一元の詩境を握る人を指してわれわれはある意味の天才と呼びたいのだが、新興柳壇には、それほどの天才はまだ出現しないようである。そしてかくいう評者自らもまた、よりよき詩境の統一に専念して止まぬ一個の巡礼者に過ぎないのだ。

（昭和四年六月）

白露のまろさ二つが抱きつくし
數知れぬほどの抽斗持つて死に
影を切りとつてぎつしり陽が詰り
地を忘れ天を忘れて靴の先
屋根に敷く落葉の下の人の夜
明日の陽へ向けて寝てゐる足の裏
枕衝きぬいた異國の畫に出る

新興柳壇は、いま時代的に悩んでいる。作家の多くも苦悩を思索し、懐疑の先端に心の故郷を求めている。そうした中に、愚直に近いほどの性情をもって平明な心境を和かに独歩する人こそ、わが倉光唐四郎の後ろ姿であろう。

小川を跨ぐに惜しく足を浸しぬ　唐四郎

作者には作者の楽しみ得る一つの世界がある。その世界は明るく、また、平明にして淡々たるほど良いと思うが、「平凡」が捷ち過ぎることだけは怖れなければならないと思う。

（昭和四年八月）

地を知らぬ雪は二本の線の上

壁に添ひ柱をそれて來る響

夜いくつ越したその夜に續く夜

美に封じ込んだいのちの殼となり

直角な影を落して金が寝る

氷柱の眞下の土に澄む一点

草の根の闇の時間に住む蚯蚓

詩人とは？　考えて苦しみ、忘れては楽しむスフィンクスである。考えて苦しむ馬鹿者ではあるが、忘れて楽しむ瞬間には死を越える。

（昭和四年十一月）

里の灯は遥か精舎の窓があき

胸の戸を開き切つたる佛陀の目

石二つ黙す眞中に陽が沈み

壁一重、愛の眞理も知りつくし

土のある限り續けと産みはなし

渦一つ孕んで地杭瀬にそむき

巣立ちする小鳥大地を俯す刎れ

詩は自己の表現だという、その通りに違いない。しかし、頭の壁にうつる「自己」ばかり眺めていたんでは、まだほんとうの詩人とは言われない。詩人はまず、頭の壁をぬけ出して他人（万象）の懐ろを狙わなければならない。

（昭和四年十一月）

毛根はふるへ梢は吹き折られ
戸の隙を洩る灯美事に夜を切り
陽に躍る泉の下の熱の渦
想像の橋は届かぬ血染雲
哲学の中のわが家で死に損ね
空を射る心の針が地を慕ひ
冷え切つた月の知つてる事でなし

美学から芸術は生れない。哲学は決してパンを作らぬ。宗教論ほど宗教の真景に遠く、詩論ほど詩に無用なる存在はないだろう。しかし、その無用は常に有用である。例えば忘れられて空気のように！

（昭和四年十一月）

風船の中のいのちが渦を巻き
棺に打つ釘の因果を知らぬ指
寝沈んだ枕に雲のかかはらず
夜を食ひ飽きた墓から出た時計
現象の彼岸衝きぬいても彼岸
幾萬の顔が生み重なりし顔
鐘の音の消える刹那の二元論

社会主義を怒鳴る詩人の一群を観る。彼等の頭には美事なる詩がいっぱいに孕んでいる。彼等の情熱はしばしば彼等自らの頭をさえ焼こうとする。しかし、彼等の頭は決して詩を語らず、情熱も吐かない。語らないのではなく語ろうとしないのだ。吐かないのではなく、吐くのを好まぬのだ。

彼らは彼らの情熱すらもマルクス製の冷蔵庫に蓄えて、ひたすら科学的に！　科学的に！　と叫ぶ。その叫びの方がよっぽど情熱的であって、その結晶たる詩に至っては、気の抜けたビールのように、ホロ苦い滓が残るだけである。（昭和四年十一月）

とこ闇の土間の隅なる蝸牛

人類の夢は氷に鳴るばかり

魂の影点々と雪の原

祭壇の灯を剪りつなぎ眼をつなぎ

有限と無限頭の内と外

天才の影は一つ本道の風

小鳥いま五感を握る闇の枝

他人の芸術作品は完全に鑑賞されるものではない。つまり、ある作者が辿った創作心理の過程と、鑑賞者が観照する心理過程とが完全に一致することは絶無である。

（昭和四年十一月）

二尺づゝ刻む星座の下の道
暴風の中に澄み切る石一つ
仄かなる灯影の下の聖者の宴
薄明の世紀に飛雲しきりなる
雲動き動く眞下の智慧の塔
蝶の夢なるほど井戸に蓋がある

私は詩人の無気力を軽蔑する。社会的に何ものも生み出せぬ詩人を軽蔑する。それは自分自らを軽蔑するのだ。

（昭和四年十一月）

マルクス論との戦い

昭和二年～十一年／『氷原』二十五号～四十六号

胸の灯を翳す一路の花ざかり

光みな影を作つて影に寝る

白浪がのこる白帆が白となる

沈黙へ根を張る樹々の狂ふさま

雪の灯の五尺眞下に澄む白紙

ふるさとは遥か踵の裏に消え

洞窟の灯が灯を知らぬ砂に照る

（川柳既成派・川柳新興派）この両極端に動いている柳壇的二大対立に介在して、早くから川柳中間派なるものがあった。その進出が近来になっていよいよ露骨となり、主義的になり白昼公然としてその妥当性を主張するに至ったのは面白い現象である。

川柳中間派の主張は、もちろん既成派の江戸主義や遊戯的態度を非とするけれども、さればといって新興派の如く既成川柳を完全に揚棄してまで奔放なる創造主義を採るのには賛成し難いというにある。

（昭和五年二月）

月を射る塔の穂先の下に夢

影は地に折れてすつくと壁に立ち

見上ぐれば雲見おろせば雲の坂

聖盃に毒盛る夜の戸を封じ

鉢の根と大地の間に風がある

どこへ出る道か一と筋霧の底

眼に影を宿した魚の岩となる

（中間派の）論者の多くは、川柳の自由性を是認して、古川柳よし、既成川柳よし、プロ川柳、新興川柳もよし……といった具合に総合的な立場を執ろうとする。もちろん、そんな意味の総合雑誌が柳壇に一つくらいあっても良かろう。

（昭和五年二月）

まんまるい夢のまはりの靴の裏

大空に底あり黙すインキ壷

山頂の胃の腑『無限』に飢えてゐる

本箱の彼方に光り過ぎる星

口元の微笑、眞理のあるやなし

聖堂の灯を繼ぐ人の絶えるとき

屋根ひとつ隔てて月と夢の國

中間的現象は今や、既成派対新興派から、新興派対プロ派の関係に及んでいる。つまり同一作家にして立場のちがう両端の雑誌を是認し、自らの創作を器用に使い分けることによって両派から受け容れられる存在を示しているなどは、それが新興川柳家であるだけに、いっそう看過し難い二元ぶりといわなければならない。

（昭和五年二月）

明日に向く足の裏から灯がともり

ばつちりと開き切つたる自然の眼

満員にならぬ焼場の口一つ

祭壇も屋根も柱もない伽藍

愛慾に根を張る木々の狂ふさま

口のない壺にぎつしり種子を詰め

詩は自己の表現だと言われる。その自己が浅薄であって何の特徴もないものであったら詩ではなくて死である。詩はまた、しばしば生活の記録だと言われる。その生活が百人並であり、皮相な実生活の寄せ集めであったら、そんな記録は日記帳の仕事である。

（昭和五年四月）

逆説二句

白日の下にそも〳〵眼が生れ
盲人の杖が突き出す唯物論
火に狂う巷に遠き魚の夢
ほの白い思ひは旅の枕より
無を包む空の青さに死を溶かし
水にさす櫻素直に咲いて散り

十七音字詩は、十七音字でなくては表現する事の出来ぬ一個の完成体を持たなくてはならないと思う。その世界は小説でも長詩でも、あるいは短歌の形式でも表現の出来ない絶対無二の世界だ。

一滴の露にも全的な宇宙を想見することが出来るように、十七音字詩の中にも無限の想念と一個の人格を完全に封じ込むことが出来る。

（昭和五年四月）

春の灯を見おろしてゐる眼が二つ
何を積む雪の白さに白を積む
ひく息の深さを巻いて來る浪よ
淫慾の手にしつかりと握る水
音を踏む夜の廊下の幾まがり
何思ふことなき朝の巻煙草
吹き募る嵐に二時の顔をあげ

単なる十七音字の羅列に終るとき、われわれにとって最も恐るべき大敵は長詩であり散文であり、短歌である。すなわち散文化した十七音字はすでに、節約され言葉の特徴を失うものであってそれだけ吾々は、言葉の節約を意味するところの暗示とか余韻とかを重要視し、その反対に含蓄のない客観描写や説明式の概念詩は排斥されなくてはならない。

（昭和五年四月）

から〳〵と鳴る骨箱が地を慕ひ

濁流に立つ

星屑を焼いてしまつたその夜から

火を発す世紀の底の安來節

雨降らば降れとは憎き地蔵尊

進化論、人は燃えてる闇のうち

一桶の水をあざける水平線

外界の印象を素直に受け入れる俳人ではなく、自己の感懐を詠嘆する歌人でもなく、むしろ外界へ能動的に働きかける批判者であり観察家であるところに川柳家の詩眼は、独自の方面へ伸びて行ったのだと思う。

（昭和五年五月）

がつさりと炭火がつさり世を崩し
吹雪く夜となりぬ俗眼とはなりぬ
病む妻の枕に釋迦を握りしめ
抽斗の中にお前が死んでゐる
きつぱりと言はう、尊い二枚舌
星の眼の射抜く眞下で戀をしろ
土になる思ひを握りつぶす気か

長詩は長詩であり短歌は短歌であり、新興川柳は新興川柳としての、特異な表現と形式を持つ。長詩はその形式から、どうしても説明的な構成を離脱することは出来ないが、短詩は「最少の言葉で最大な効果をあげる」という経済学的な原則の上に立っている。

（昭和五年五月）

憐憫の一瞥金が無いぢやない
神の眼を探る師走の眼に吹雪
むづかしい議論だ！　老子爪を剪る
日輪の薄情者を戀ひつづけ
詩人の饒舌に呆れてる自然
人類の脚は知れてる日記帳
屑籠に何を嘆ずるインキ壺

柳壇の中間派には、本質的な中間論というものがない。これを政治の方で観るなら、左翼と右翼の中間をゆく社民党などにはとにかく一つの主義が確立している。また哲学上にいう折衷派や混合派にしても、諸説の長所を採って自説を作るという意図を持っている。
「新興川柳は詩であっても川柳でない」とか「既成川柳は非詩的であり、旧套のままではいかぬ」という程度の灰色論に終止しているから、川柳の進む方向が少しも明示されないのである。

（昭和五年六月）

枕が消えてしまつた――吹雪か
蒼空をはらんで猫が眠つてる
かちこちたちきちの時計であつたか
地にそむく鴉の夢が浮いてゐる
貝殻に浮くふるさとの磯でない
東洋の星に寝てゐる冬木立
ペンを置く――机の上に灯の下に

求智心にせよ、性欲にせよ、恋愛にせよ、審美欲にせよ、そのいずれもが物質的分配には無関係なる存在であり、たとえ社会主義時代が実現されたって、社会という組織下にある以上は、自由を念願する心まで完全に満たしてくれるということは絶対にありえない。

（昭和五年七月）

情念を絞りつくした冬の石

なるほど動かずにゐた湯呑茶碗

土の夢　吹雪くは五尺上のこと

誰ァれもゐない奥で赤子が泣いてゐる

手にのこる水を手にして河岸に立ち

生活の窓を開けば風がある

澄んでゆく灯に帰りゆくこゑ〳〵

死を怖れる自分にとって、生きていることがどれほど良いものであるかと自問すれば、そこには悲観材料のみが多くて、これといって生甲斐のある目標らしいものも見当らないのだが、死を無条件に怖れているところを見るとやはり無条件に生きている方がよい。

（昭和五年七月）

理屈では死ぬる瞳に吹雪いてる
人間を摑めば風が手にのこり
本箱にならぶ佛に主義はない
海の面の糸に二尺の陽があたり
ふた親はとうに死んでる爪の垢
壮厳な眼か冬がれの風景か
陽に消える雪の心が鳥に出る

新興川柳にたずさわって以来「生命主義」という理想派の看板をぶら下げてドン・キホーテの如く戦って来た。その目的は個人主義の苦行道を行く人間完成への念願。小我を捨てて大我を狙い、生命の諸相をあらゆる対象に封じ込んで永遠を念ずる神秘家でもあった。

（昭和五年八月）

懐剣をのんで寝てゐる街の顔
白骨が土になる夜のひとりごと
座布團にのこる乙女の膝は春
詰め込んだ箪笥の奥に冷い眼
眠つてしまへば犬でなかつた
哲人の涙に鹽のあるものか
植木棚雪ばかりなる植木棚

人間の心的活動を心理学的に分類して(一)知覚観念(二)記憶観念(三)想像観念(四)幻覚観念となし、この四つの観念の住む時間層は直ちに人間活動の深さになり、芸術活動の段階的尺度になることを論じたことがある。

(昭和五年八月)

抽斗に何を慕つてゐる白紙

ひとすじの河に因果な雪が降る

帆かけ船やがては帰る帆かけ船

森の奥からだん〳〵に人の聲

鐵橋の影は流れぬままに澄み

安心をして三角の底に寝る

この指で青海原に一と書き

秋気動く

詩的な材料として、夢、命、大空、月、太陽、大地、心、星、風、鐘、蟻、等々が比較的に詩心を促すのは当然である。それだけ誰でも狙い、誰でも作りやすいから何等の刺激がなくても作ろうと思えば作れるのである。従って類想や類句も生れやすい。

机上の想像ばかり働かしていたら、第一に取材に行き詰るし、感激といったものが硬化してしまう恐れがある。その意味で新興川柳家はもっと直接に自然や人生に触れて、生々しい感激を求める必要があると思う。

（昭和五年九月）

心魂に徹して消える浪の音
貧欲な財布に苦笑したら二時
トンネルの背中に春の陽を感じ
珍らしい玩具に見張るあの瞳
街燈に影を落して一人消え
寝室の死をうつ雨の夜もすがら
乳房から乳房へ續く世は深し

私の新興川柳観は、木村半文銭氏の作品を通じて次のような方程式さえ作ったのである。

新興川柳＝川柳＋俳句＝現実＋自然＝理性＋直観＝哲学＋詩＝西洋主義＋東洋主義＝新浪漫主義

もちろん、こうした方程式は今から見て不完全極まるものであるけれども、私の考は、新興川柳をあくまで既成川柳の創造線上に置き、俳句でもなく歌でもない独自の領域に新分野を開拓するのが、新興川柳家の野心であると思っていた。

（昭和五年十一月）

天上の秘密を抱いて星がとび
夜の水流れたいから流れてる
處女林にのびる線路の眼が二つ
埋もれ火に聞けば書ころ出たつきり
あにはからんや停車場は空つぽ
蝋燭の高さに何を封じ込む
人の住む窓を出てゆく蝶一つ

象徴性をもって詩の重要な本質と考えていた。従って「言い尽してしまうのは、詩興の四分の三を殺ぐものの、漸進的に推量されてこそ詩の面白味がある」というマラルメの言葉などに一種の魅力を感じていた。

（昭和五年十二月）

陽に飽きた土は苦もなく崖を落ち
吹く人の姿も笛の穴に盡き
噴水の馬鹿がせつせと空を衝き
蒲團から生れ蒲團の中に消え
まつくらな海の上から人の聲
二里ほどの街で三千日あるき
眼にのこる白帆が島の蔭をゆく

実に日本人くらい詩人でない詩人の多い国はあるまい。俳人や歌人はすでに詩人として公認？　されているが、既成川柳家の自称詩人にせよ、情歌だってヘナブリだって、作る人間は一っぱしの詩人だと思い、また思わせるような理屈さえ述べている。
民衆詩人だとか何とかいうなら日本の短詩人くらいレベルの低い詩人はないだろう。

（昭和五年十二月）

三ケ月をしぼつて落ちた一と雫
いつ見あげても飽きぬ青ぞら
母親が消えてお前が歩いてる
秋の夜をどこへ行つたか馬鹿囃子
白光と囁き暮れた海の岩
波止場から舟へ二尺の風がある

川柳既成派なるものの本体は何であるか、伝統主義を固執しながら、伝統派といわれることが不満であり、屈辱であり、さればといって古川柳を見捨てることも出来ず、何等かの意味で時代との相関性を保とうとするところの超伝統主義的な存在である。

（昭和六年一月）

待合室の哲学　（二）

性慾か無慾か風のない嵐

天國を探して口が歩いてる

處女の瞳に射すくめられたマルキスト

釋尊の腰のあたりにぶら下り

煙になる待合室でやかましい

零の國からポツカリと顔を出し

川柳中間派は、志向において本質において既成派のそれに数歩を進めたものといってよかろう。第一に彼等の多くは時代の子であり、また子であろうとすることによって川柳を芸術的に向上せしめようとする。

（昭和六年一月）

人間の種子が盡きたら涼しかろ

本箱を背負つて寝てゐる蝸牛

うつちやつて置けば浮気な心の芽

抽斗の中にころがるニヒリズム

天才の影に痩せ犬吠えてゐる

地球の上つ面らで勇ましい人ら

霧の海深く病院船が出る

川柳新興派は何よりもまず「詩であれ」という認識から出発して、既成派の規範主義に反逆した。それだけに発生当時はいろんな主義や主張が生れ、柳壇の間口と奥行を著しく拡げたことは否まれないであろう。

新興川柳は同じ定形詩としても俳句などと比較にならぬほどの自由精神を発揚しているのである。これは明らかに、形式において十七音字の詩形を守りながら、その内容において、精神において、自由主義の立場を執っていることを立証するものであろう。

（昭和六年一月）

圖書館を焼いてしまへば詩がのこり
老人が出て來た袋小路から
髑髏の眼を吹く秋風でない
白蕗のまろさ二つが抱き盡し

新興川柳は邪道だという。古風な客馬車から自動車は正に邪道に違いない。その点で創造は常に邪道から生れる。

（昭和六年二月）

新生命主義への挑戦

昭和十二年〜『氷原』六十七号

むくまゝにむかれてゐる蜜柑の皮

炭火が水を吸つてゐる戀を見給へ

帽子かぶつて天の高さを忘れ

姿見が見透すこの家のかまど

お茶から見ると出鱈目な煙草の輪

本を讀んで寝たその本がある朝

わが影を置く夜の襖は病まず

新興川柳は本質において俳趣味と背反する。ただ表現形式において俳味を新興川柳化する場合はあるが、それがゆえに柳俳無差別論を認容するのは認識が足らぬと思う。新興川柳はあくまで川柳の新興であり、伝統川柳の創造的飛躍であらねばならない。

（昭和十一年九月）

吹雪が募る　枕元の眠剤

ぼうふらにもなれず怒つては悔ゐる

死を念じたつて飯は黒くならぬ

まるい夢のまはりを踊る

昭和十二年の賀状

鍵の音の消ゆるとこから釋迦の国

新興川柳は、質において独自の分野を持つものでなければならない。その意味から詩壇への正当なる進出を期するは吾等の権利であるが、その独自性をさえ捨てて漫然たる短詩への合流は無意義である。

（昭和十一年九月）

遺作片鱗

心の波止場

魂と一緒に瓶の栓がぬけ
鉄屑の中で淡雪消え悩み
闇を衝く汽車の上にも雪が積み
電線の雪は大地を知らず消え
煙突の中を覗いた雪でない
窓の灯にチラリ踊つただけの雪

吾等は十七音字の定形律を守る、といって固執するのではない。もしここに五、七、五調を破る他の十七音字リズムが生れるなら、新興川柳の律調的分野も倍加するであろう。一呼吸詩としての定形律の強味は、行詰りによる自由律への逸脱論によって微動だにすべきものではない。

（昭和十一年九月）

生きてゐるには違ひない屋根の下

萬巻の書は讀まいでも白痴の眼

蒼空へ力んで見てもビルデング

いくつの顔が生み重つた顔か

臍の座で睨んでる「時」の番兵

幼き日の夢を包む牡丹雪

釋迦はそこにゐる赤ん坊の微笑

新興川柳は詩である。しかし、詩でさえあれば新興川柳であるというような議論はそれだけで既に新興川柳論の自殺である。しからば新興川柳自体に限界があるだろうか、曰く「在り」とも言えるしまた「無し」とも言える。この間の消息は隠微であり、今日迄の新興川柳が精算されて、更に新しき分野へ向って創造されねばならぬ鍵もここにあるのだと思う。

（昭和十一年九月）

心の波止波へ亡き母がひよつこり

永久の時計が時を口説いてる

さゝらのやうな心ではなかつたが

あごなど撫でられぬカレンダーの鏡

枕に疊み込んだ粉雪さら〳〵

心の中に風の中に風の聲

無視されやうとも心臓は働く

既成柳壇的な俗論や小感情論を一蹴したわれわれが、公明な理論と本質的な研究を要望して来たのも久しいものである。そうした理論や研究は質的にも量的にも歌壇や俳壇に比べて、どれだけ遅れているかを想えば、今後の新興柳壇に有為なる新人の輩出を俟つのは敢て僕ばかりではあるまい。

（昭和十一年十一月）

鼠には生活難がないと見え

なるほど心臓に日曜日はない

神經が焼けるぢり〴〵毛が焼ける

カレンダーの眞上に何の鏡ぞ

土を掘り天衝けばとてビルデング

煙草の煙

そこまで言ひ切つてしまつた。　木枯

日本の詩は――特に短詩はおそらく永久に亡びはしないであろう、と同時に短詩の韻律的な経済的な長所は、いろんな方向をとって民衆の中に普遍して行くに違いない。

（昭和十二年一月）

ポツカリと穴をあけて眠る

世界のことを考へて爪も切らぬ

鋏に眼がないので安心して寝た

まアよいさ秋だ夫婦だ手でもひく

酒のんで頭忘れて何をいふ

わが影を掴むすべなき手がぶらり

土を踏むことを忘れて歩いてる

頭脳的理性と直観的情意の融合は新興川柳を構成する上に欠くことの出来ぬ要素であって、もし、この理智的統制を失うならば、単なる抒情主義や印象主義に尾を下げる結果となるのは自明の理である。

（昭和十二年一月）

爐鍵は動かないが煙草の煙
肉眼の前にまさしく紙幣がある
素晴らしい詩が溶けてゐるインキ壺
燃えてしまつた原稿紙の藝術
こいつはうまいと哲学者の舌
臍を忘れて斷崖を見おろす
この街を狙つて海だ海だ

月や星や太陽や青空や風等に多くの魅力を感じたために、余りにも類型的な新興川柳が続出したことなどが挙げられよう。そこでこの行詰りを打開する方法は次の一途あるのみだと思う。即ち

技巧から平明へ
概念から具象へ
思索から直観へ
神秘から平凡へ

反対的な詩の世界へ勇敢に直入して見ることである。

（昭和十二年一月）

日記帳の端からやつと飛んだ蚊
壁の外までは見えない鏡の目
頬をうつ雨と知らずに雲を出る
手にひゞく夜の深さの水をうち
洗へども洗へどもつきぬ垢かな
五つある指のなかなる薬指

詩人が把握した事象の一断面が古ぼけて見えるのも新しく輝くのも、つまりは自己の生命的直観力の深浅によるのであって、そこに新しい「意味」が発見され、平明の中に「暗示」すら凡を観じ、平凡の中に非も内在して来るのである。こうした観点に立つ自分の生命主義は、いまや一つの難関を切抜けることによって、更に新しい新興川柳詩の認識へ出発して行かねばならない。

（昭和十二年一月）

本書には一部、不適切な用語がありますが、当時の時代背景の反映、また、論の一部分とみなし、原文をそのまま掲載しております。

あとがき

私が川柳作家・田中五呂八を知ったのは二十代後半、昭和三十年代のことである。

北海道大学医学部の横に弘南堂という古書店がある。あるとき、そこに川柳関係の本を探しに行くと、そこの主人が出してきてくれたのが五呂八の『新興川柳論』であった。川柳関係の本であればなんでもいいという気分で買い求めた。値段はさだかでないが、安くなかったことだけは確かだ。そして我が家に帰って読んでみると、当時私が悩み苦しんでいたことがみな書いてあった。それから五呂八の難解な論文を受験勉強のごとく噛み砕いて読んでいった。そしてこんな素晴らしい作家が北海道にいたことを誇らしく思った。

そして昭和四十年代前半だったと思うが、こんな素晴らしい作家を偲ぶ会がどうしてないのだろうか、こんなことだから川柳は俳句の足蹴にされるのではないかと思うようになってきた。

そこでわたしは「第一回五呂八忌」を札幌国鉄クラブで開催した。ところが五呂八の弟子たちからは、我々の許可もなく開催したという意見が私のところに寄せられた。本来なら弟子たちが主催して持つべき会なのに、と訝る気持ちを押さえ平常を保とうとしたが、若輩者の私は、腹立たしさが先に立ってしまい、その二回目を催すことを止めにした。しかし、悪いことばかりではなかった。これらの事情を知ってか知らぬか五呂八の一の弟子である南部菊太郎が五呂八の遺品である万年筆と新婚当時携帯していた手帳を古川柳誌とともに送ってきてくれたのである。この遺品は(財)北海道文学館に寄贈して、今も展示している。また、同じ弟子である西村欣童からは五呂八関係の書簡や古川柳誌が送られてきた。また思い出話しなどもたくさん語り聞かせてくれた。

その他、五呂八についての語りは枚挙にいとまがないが、拙書、柳文集「北の座標」にその一部を記しているので参考にしてほしい。

それよりも、現代川柳大衆論を唱えた私が、今回なぜ『田中五呂八の川柳と詩論』を編む気になったかである。もちろん出版元である新葉館の編集スタッフとの話し合い、特に雨宮朋子さんの説得あってのことだが、五呂八の新興川柳論への反論を書いてみたい、という意欲がわいてきたからである。

歴史的にみて川上三太郎に二刀流論を唱えさせた要因は五呂八の川柳詩性論であり、岸本水府の本格川柳という名称も伝統川柳批判論によるものである。そして五呂八の唱えた生命主義に対して昭和四、五年の既成柳壇はなんら反論することなく逃避を繰り返し、その結果、五呂八は既成柳壇よりも社会主義思想への反発的理論闘争を展開してくことになる。

あくまでも川柳を詩と考えている五呂八、哲学的に論理立てようとした五呂八、古川柳を絶対認めようとしなかった五呂八。これらは現代大衆川柳論からいうと許しがたい生き方であるといわなければならない。そんな視点から五呂八の論文を再読破していった。そして近い将来に反論をしなければならない思いつつ、本書を編んでいったのだ。ところが昭和十二年に新生命主義を唱えたとき、いや、死の数ヶ月前に五呂八は現代大衆川柳論の論理へと近づいていっていたのである。五呂八が四十二歳のときである。「技巧から平明へ」「概念から具象へ」「思索から直観へ」「神秘から平凡へ」と勇敢にも直入していったのである。

まさしくこれぞ現代大衆川柳論でなくて何であろう。おそらくあと十年五呂八が生きていたら川柳詩性論から川柳大衆論へ転換していったのではないかと思う。これこそ現代を歩む川柳論ではないだろうか。だがここまで到達するのに五呂八は約十五年の歳月を費やしている。私はいつの日か五呂八の論理を踏襲して、現代大衆川柳論へと結びつけたいと思っている。そういう意味からも本書の五呂八の作品と論理とを噛み合わせて読んで欲しい。

最後に、本書を編むにあたっては雨宮朋子編集員の激励叱咤があってこそ上梓できたのではないかと思う。本書の末尾を借りて深甚なる敬意と謝意を示すものである。また新葉館の編集スタッフにも感謝の意を表する次第である。

平成十五年九月

斎藤大雄

【編者略歴】

斎藤 大雄（さいとう・だいゆう）

1933年札幌市生まれ。

現在・札幌川柳社主幹。北海道川柳連盟会長。日本川柳ペンクラブ副会長。（社）全日本川柳協会常務理事。

著書・句集「根」（共著・昭39）、「川柳講座」（昭41）、柳文集「雪やなぎ」（昭46）、句集「喜怒哀楽」（昭49）、句集「逃げ水」（昭54）、「北海道川柳史」（昭54）、「現代川柳入門」（昭54）、柳文集「北の座標」（昭58）、「川柳の世界」（昭59）、句集「刻の砂」（昭60）、「川柳のたのしさ」（昭62）、「残像百句」（昭63）、「斎藤大雄句集」（平3）、「情念句」（平4）、「川柳ポケット辞典」（平7）、「現代川柳ノート」（平8）、「情念の世界」（平10）、「斎藤大雄川柳選集・冬のソネット」（平11）、「川柳入門はじめのはじめのまたはじめ」（平11）、「選者のこころ」（平13）、「川柳はチャップリン」（平13）、「斎藤大雄川柳句集　春うらら雪のんの」（平14）、「川柳入門はじめのはじめのまたはじめ（改訂復刻版）」（平15）。「現代川柳のこころとかたち」（平15）。

田中五呂八の川柳と詩論

○

平成15年 9月28日 初版

編者

斎藤 大雄

発行人

松岡 恭子

発行所

新葉館出版

大阪市東成区玉津1丁目9-16 4F 〒537-0023
TEL06-4259-3777 FAX06-4259-3888
http://shinyokan.ne.jp E-Mail info@shinyokan.ne.jp

印刷所

FREE PLAN

○

定価はカバーに表示してあります。

ISBN4-86044-195-8